AF349618

PAULINE DE GRANDPRÉ

DÉMOLISSONS SAINT-LAZARE

SOLUTION DE LA QUESTION

PRIX : 50 CENTIMES

PARIS

E. DENTU, ÉDITEUR

LIBRAIRE DE LA SOCIÉTÉ DES GENS DE LETTRES

PALAIS-ROYAL, 3, PLACE VALOIS

1890

NOTE

Il y a peu de temps une commission supérieure a visité en détail Saint-Lazare. Elle a admiré la bonne tenue de la prison, les grands arbres des cours, le beau jardin. (C'est le jardin des fonctionnaires. On en fera un square). La splendide vue dont on jouit de certaines fenêtres de l'établissement : on aperçoit même la Tour Eiffel. Elle a constaté la solidité de l'édifice. (C'étaient probablement des architectes). Mais le côté *moral et social* de la question n'a pas été vu et on ne s'en est pas occupé.

La commission a conclu que c'était encore une assez belle prison pour des femmes, et qu'il fallait la garder. En conséquence, on récrépit les murs : *on consolide Saint-Lazare*.

Mais nous qui sommes la presse, c'est-à-dire le public, nous qui connaissons la question *morale et sanitaire* depuis longtemps, *nous décréterons la démolition de Saint-Lazare* et le Pouvoir nous donnera raison.

Pour avoir des détails complets, lire l'ouvrage intitulé :

LA PRISON SAINT-LAZARE

DEPUIS VINGT ANS

DU MÊME AUTEUR

Imprimerie de Poissy — S. Lejay et Cie.

le parti de le faire imprimer. Si vous voulez bien lire la SOLUTION DE LA QUESTION SAINT-LAZARE *et la faire connaître, peut-être arriverons-nous à un résultat pratique.*

Veuillez agréer. M   , l'expression de mes sentiments distingués,

Pauline DE GRANDPRÉ.

Paris, avril, 1890.

DÉMOLISSONS
SAINT-LAZARE

I

LA BASTILLE ET SAINT-LAZARE

Nous sommes au temps des révolutions pacifiques.

Au nom de vos mères, de vos femmes, de vos filles, nous commençons une grande révolution :

Écoutez-nous.

Au nom de la justice, au nom de la morale publique, nous l'accomplirons :

Aidez-nous.

Il y a cent ans nos pères ont aboli les lettres de cachet et démoli la Bastille.

Aujourd'hui nous abolirons les arrestations arbitraires, qui sont des lettres de cachet plus terribles que les premières, et nous démolirons .Saint-Lazare.

Le Roi seul signait les lettres de cachet, tous les

agents du bureau des mœurs signent et exécutent maintenant les arrestations arbitraires.

Les agents du bureau des mœurs pris individuellement sont peut-être des gens honorables, mais à coup sûr leur profession n'est pas honorée.

Leur autorité illégale pèse sur les femmes de Paris qui, toutes, dans certaines circonstances, peuvent être arrêtées par un agent du bureau des mœurs.

Abolissons les lettres de cachet !

Un fonctionnaire a pris l'initiative de commencer le démembrement de Saint-Lazare en enlevant une partie des prisonnières de droit commun. Un autre fonctionnaire peut l'agglomérer de nouveau. Il faut rendre impossible le retour à de pareilles violations de la loi, à de pareilles injustices.

Démolissons Saint-Lazare !

Pourquoi laisserait-on Saint-Lazare debout ?... Serait-ce pour donner un exemple salutaire à nos filles, ou comme un symbole de l'immoralité de notre siècle !

Au siècle dernier, comme prison, Saint-Lazare n'existait pas.

Dans un ordre d'idées pratiques, serait-ce pour en faire une infirmerie spéciale ? Mais les éminents médecins de Saint-Lazare ne doivent pas rester dans une prison, ils ont droit à un hôpital spécial pour leurs malades.

Nos pères ont démoli la Bastille, formidable rempart du despotisme !

Nous démolirons Saint-Lazare, déplorable sentine du vice !

.   .   .   .

Assainissons nos places publiques.

Sauvegardons nos fils.

Plus d'excitation à la débauche ni le jour, ni la nuit.

Plus de femmes fardées embusquées au coin de nos rues comme des bêtes fauves au coin d'un bois.

Plus de jeunes gens qui le soir suivent et accostent les femmes et vont attendre nos ouvrières à la sortie des ateliers.

Que les gardiens de la paix et au besoin *les gendarmes* sévissent sévèrement sur les flagrants délits.

Mais *plus d'agents du bureau des mœurs, plus de règlements de police.* Le temps en est passé.

L'égalité pour tous.

La loi, rien que la loi. Respect à la loi !

Si nous ne sommes pas suffisamment armés par nos lois, les représentants du pays sont là pour en élaborer d'autres.

Enfermons *les délinquants mineurs, après jugement,* dans des établissements d'éducation correctionnelle situés hors Paris : trois mois à la première infraction, six mois à la seconde, jusqu'à vingt-un ans à la troisième.

Personne ne peut inscrire au bureau des mœurs

une jeune fille avant sa majorité, même quand elle est coupable.

Les administrations, pas plus que les individus, n'ont le droit de violer la loi.

Il y a beaucoup trop de femmes sur le pavé de Paris. *Sauvons les insoumises,* non par fraction, mais en masse, en envoyant dans nos colonies toutes celles qui voudront partir volontairement. Nous les marierons à nos colons qui manquent de femmes. Transportées dans un autre milieu, elles deviendront de bonnes épouses et d'excellentes mères de familles.

. . . .

Plus de razzias de femmes, mais des condamnations individuelles toutes les fois qu'elles sont méritées.

Sécurité à tous les citoyens.

Les femmes sont des *citoyens* : elles payent les impôts, et jouissent de leurs droits civils.

Gardera-t-on une classe de femmes, véritables parias, privées de leurs droits civils, esclaves au milieu de notre civilisation, destinées aux plaisirs de homme?

L'osera-t-on ?...

Ou bien laissera-t-on à chacun la responsabilité de ses actes. La loi planant au-dessus de tous et punissant tous les coupables !

Que chaque citoyen se garde lui-même, qu'il sache bien que les mesures sanitaires adoptées sont aléatoires et absolument insuffisantes.

Pas de fausse pruderie, saisissons le taureau par les cornes, terrassons-le pendant que nous le pouvons. L'heure est solennelle, elle ne se représentera peut-être plus.

. . . .

Nous faisons une chose difficile.

Nous voulons planter l'étendard de l'égalité et de a liberté sur le sommet d'une prison. Que la partie saine de la nation marche avec nous. Épurons les mœurs de la France.

Les bonnes mœurs publiques font les bons citoyens et les grands peuples !

Il y a vingt ans que nous avons commencé cette campagne. Nous la poursuivons.

Salut et merci à tous les journaux, à quelque opinion qu'ils appartiennent, qui reproduiront ce document, en tout ou en partie. Ils auront bien mérité de la patrie.

Attaquons résolument les institutions de Saint-Lazare.

La Bastille a disparu, elle est tombée dans la tourmente révolutionnaire. Saint-Lazare est encore debout, elle s'effondrera dans le calme, devant la volonté éclairée de la nation.

Abolissons les lettres de cachet ! Démolissons Saint-Lazare !

. . . .

Toutes les fois que je parle de démolir Saint-La-

Depuis vingt-cinq ans que je m'occupe de la prison Saint-
Lazare, hélas ! la question n'est pas encore résolue. La
transformation annoncée il y a deux ans par l'Administration pénitentiaire n'avance guère, on pourrait presque
dire qu'elle rétrograde. On avait enlevé les jeunes filles de
la correction, on les y remet de nouveau. Les prévenues y
sont encore, etc.

Je me suis présentée l'année dernière chez un fonctionnaire chargé de ce service ; en deux fois, je suis restée
humblement cinq heures dans le salon d'attente. Je voulais
lui faire connaître le résultat de mes études, afin qu'il
crût que mes idées étaient siennes et qu'il les fît préva-
loir. Mais je n'ai pas eu l'honneur d'être reçue ; il m'a
adressée à son secrétaire, à qui je n'ai absolument rien
dit. Il faut bien en convenir, dans notre pays il n'y a que
les personnes qui touchent de gros traitement de l'Etat qui
sont quelqu'un, les citoyens qui donnent leur temps et leur
argent pour le bien général comptent pour peu.

J'ai résumé mes observations dans un document. Je prends

zare devant des personnes compétentes, on me répond immédiatement :

« Sans doute, mais il faudrait rebâtir et il faudrait de l'argent. »

C'est donc une question d'argent.

Je simplifie la question en disant qu'il ne faut rien rebâtir du tout. Il faut tirer parti de tous les locaux pour placer les différentes catégories de prisonnières qui sont encore à Saint-Lazare.

C'est tout simplement une question de statistique et de transfèrement.

Plusieurs administrations doivent être consultées pour arriver à un résultat pratique :

1° Le Conseil municipal de Paris qui est le propriétaire de l'immeuble ;

2° La Préfecture de police qui y installe ses services ;

3° L'Administration pénitentiaire qui doit indiquer les places vacantes et les locaux qu'il a à sa disposition ;

4° L'Assistance publique de qui dépendent les hôpitaux.

L'Administration pénitentiaire a transféré *les petites jugées à Nanterre et les grandes jugées à Doulens.*

Les prévenues sont encore à Saint-Lazare. On bâtit à la Préfecture de police un dépôt pour elles. On les transfèrera prochainement.

Il restera encore à peu près cinq cents femmes à Saint-Lazare. Voyons ce qu'on doit faire des différentes catégories de femmes qui restent.

II

LOURCINE ET SAINT-LAZARE

Deux noms sinistres ! Ils éveillent immédiatemen t dans l'esprit l'idée d'affections terribles.

J'ai lu il y a quelque temps une grande affiche à la porte de Saint-Lazare. On annonçait un concours pour une place de chirurgien à la prison Saint-Lazare.

On veut faire de Saint-Lazare une infirmerie spéciale. Saint-Lazare était *un couvent*, on en a fait *une prison*. Saint-Lazare est *une prison*. on veut en faire *un hôpital*. Saint-Lazare est déplorable comme *prison* et ne vaudrait pas mieux comme *hôpital*.

Démolissons Saint-Lazare !

Mettre un hôpital spécial pour *les filles soumises*, au milieu de Paris, dans un quartier populeux, c'est une idée malsaine, très malheureuse au point de vue moral.

Consacrer un si vaste emplacement à une telle destination, c'est une dilapidation des deniers publics, très regrettable au point de vue économique.

Le véritable hôpital *des filles soumises : c'est Lourcine.*

Soyez plus discret pour les honnêtes femmes. Les maux dont elles sont les victimes ne doivent point être affichés par le nom même de l'hôpital dans lequel elles sont soignées. N'inscrivez pas une sorte de flétrissure au front de la mère de famille qui porte la terrible conséquence des fautes de son époux. Les honnêtes femmes doivent être traitées dans les hôpitaux communs à tous les malades.

Chaque hôpital a une salle pour les *affections fièvreuses* qui sont cependant *des maladies infectieuses.* Chaque hôpital doit avoir une salle pour les *affections spéciales* qui ne sont pas *infectieuses,* mais seulement *contagieuses.*

Le véritable hôpital *des filles soumises,* c'est Lourcine.

Démolissons Saint-Lazare !

III

LA PETITE-ROQUETTE ET SAINT-LAZARE

Quand on aura mis les filles soumises malades à Lourcine, il restera à Saint-Lazare :

1° Les filles soumises *saines*, détenues administrativement ;

2° Les vieilles filles soumises *hospitalisées ;*

3° Les filles soumises *prévenues ;*

4° Les filles soumises *condamnées.*

Au besoin, une seule maison peut suffire pour les quatre catégories, puisque les filles soumises sont hors la loi. C'est inutile de bâtir une prison pour elles. Vous en avez une à votre disposition si vous voulez ; c'est la prison des Jeunes-Détenus, appelée : *la Petite-Roquette.*

Pourquoi enfermez-vous des enfants dans une prison ? Si c'était un homme qui commit ce méfait, ce serait un monstre, mais c'est une administration : chose impersonnelle, sans cœur et sans entrailles.

Ce qu'il faut aux enfants pour les régénérer (car vous avez mission de les régénérer), c'est le grand air, la vie libre des champs. Mettez-les dans les établissements d'éducation correctionnelle en province.

Utilisez pour le bien, même leurs mauvais instincts.
Envoyez les plus indisciplinés, les plus aventureux
dans nos écoles de mousses. Au lieu d'en faire de
précoces malfaiteurs, vous aurez de hardis marins
qui, plus tard, iront porter au loin la gloire de la
France.

IV

LES RÈGLEMENTS DE POLICE ET LES INSOUMISES
DE SAINT-LAZARE

Les insoumises de Saint-Lazare sont arrêtées tout
à fait arbitrairement (Lettres de cachet). Contre elles,
on ne peut invoquer aucune loi, ni même aucun rè-
glement de police. Elles n'appartiennent point *au
bureau des mœurs*.

Les femmes inscrites au *bureau des mœurs* reçoi-
vent, le jour de leur inscription, *une carte* sur la-
quelle se trouve leur nom, prénoms, adresse; sur le
verso sont indiqués les règlements qui les concernent.
De là leur vient le nom de *femmes en cartes*. On les
appelle surtout : *les filles soumises*.

Mais les insoumises n'ont point de cartes et ne con-
naissent pas de règlements.

Ces fameux règlements de police, personne ne les

connaît. Je ne les ai jamais lus, moi qui m'occupe de ces questions depuis si longtemps. Je demande à M. le Préfet de police de les faire afficher, afin que toutes les femmes soient renseignées sur les dangers qu'elles peuvent courir.

Les insoumises sont arrêtées dans les garnis ou sur la voie publique.

Toutes les ouvrières pauvres qui ne peuvent point acheter de meubles logent dans les garnis ; elles dépendent absolument des agents du bureau des mœurs, qui peuvent les prendre dans une razia.

Toutes les femmes qui voyagent logent à l'hôtel, elles sont presque dans les mêmes conditions.

Les lois sur les garnis sont peut-être à modifier.

Toutes les femmes qui sortent seules le soir, et qui rentrent tard après une soirée ou après une veillée auprès d'un malade, doivent bien prendre garde, si elles s'égarent et demandent leur chemin à un passant, on peut les arrêter pour avoir *raccolé.*

Quelquefois les agents du bureau des mœurs provoquent eux-mêmes les jeunes femmes qu'ils rencontrent le soir. Ils offrent de les accompagner pour les sauvegarder. Elles sont presque toujours arrêtées quand elles acceptent.

N'enfermons pas les *insoumises* avec *les filles soumises.*

Consignons les insoumises malades dans les hôpitaux ordinaires.

Mettons les *insoumises saines mineures* dans les établissements d'éducation correctionnelle.

Envoyons les autres librement dans nos colonies pour les marier.

Sauvons les insoumises ! abolissons les lettres de cachet ! démolissons Saint-Lazare !

V

LES NOURRICES

Il y a à Saint-Lazare deux salles destinées aux nourrices qui allaitent elles-mêmes leurs bébés. Il va sans dire qu'elles doivent être envoyées à la campagne avec leurs enfants.

L'administration pénitentiaire doit indiquer la maison la plus aérée, la plus ensoleillée dont elle pourra disposer pour y placer cette intéressante catégorie.

VI

SAINT-VINCENT-DE-PAUL ET SAINT-LAZARE

Ce n'est pas sans un sentiment de regret que nous disons résolûment : il faut démolir Saint-Lazare, car c'est un monument historique. L'ombre sainte et à jamais vénérée de Saint-Vincent-de-Paul plane encore sur ses murs déshonorés. J'émets le vœu que sa statue soit érigée sur l'emplacement de la prison quand elle aura disparu.

Saint-Vincent-de-Paul n'est pas seulement un saint de l'église romaine, mais c'est surtout un grand bienfaiteur de l'humanité. A ce titre, il appartient à tous les partis.

Je ne sais pas comment Saint-Lazare, qui était un couvent avant la révolution, est devenu une prison. Je ne sais pas non plus par quelle transaction cet immeuble, qui appartenait aux pères Lazaristes, appartient aujourd'hui à la ville de Paris. Je crois que c'est un des établissements religieux aliénés abandonnés par le pape, lors de la signature du Concordat, en 1801.

Saint-Lazare appartient donc à la ville. L'Etat paye le loyer ni plus ni moins qu'un simple loca-

taire. On peut lui donner congé et mettre les prisonnières sur le pavé. La solution de la question dépend
donc en grande partie du Conseil municipal de
Paris.

La ville fera une très bonne spéculation en vendant
l'immense terrain qu'occupe la prison.

En attendant qu'on supprime *le bureau des mœurs,
abolissons les lettres de cachet !*

Sauvons les insoumises !

Démolissons ENTIÈREMENT *Saint-Lazare !*

———•◦•———

IMPRIMERIE DE POISSY — S. LEJAY ET Cⁱᵉ.